HOUSTON PUBLIC LIBRARY

D1062318

GRETA
GRUÑOSAURIA

Título original: *Gracie Grumposaurus*
Publicado en 2013 por Wayland

Primera edición: Abril 2013

© Wayland, 2013
© Del texto: Brian Moses
© De las ilustraciones: Mike Gordon
© De esta edición: Grupo Anaya, S.A., 2013
Juan Ignacio Luca de Tena, 15. 28027 Madrid
www.anayainfantilyjuvenil.com
e-mail: anayainfantilyjuvenil@anaya.es

ISBN: 978-84-678-4017-9
Depósito legal: M-39.362/2012
Impreso en China - Printed in China

Las normas ortográficas seguidas son las
establecidas por la Real Academia Española
en la nueva *Ortografía de la lengua española*,
publicada en el año 2010.

Reservados todos los derechos. El contenido
de esta obra está protegido por la Ley, que
establece penas de prisión y/o multas, además
de las correspondientes indemnizaciones
por daños y perjuicios, para quienes reprodujeren,
plagiaren, distribuyeren o comunicaren
públicamente, en todo o en parte, una obra
 literaria, artística o científica, o su
transformación, interpretación o ejecución
artística fijada en cualquier tipo de
soporte o comunicada a través de
cualquier medio, sin la preceptiva
autorización

GRETA GRUÑOSAURIA

Texto de
Brian Moses

Ilustraciones de
Mike Gordon

ANAYA

Greta Gruñosauria siempre estaba gruñendo.

Greta gruñía
desde que se levantaba
hasta que se acostaba.

—No me quiero levantar —gruñó cuando su madre apartó de un tirón su dino-edredón.

—No quiero huevo de pterodáctilo —gruñó.
Y eso que su madre lo había cocido el tiempo
justo para que quedase como a ella le gustaba:
ni muy líquido ni muy duro.

—Estoy harta de mis juguetes —gruñó,
mientras daba vueltas como una loca
y los tiraba por los aires con su cola regordeta.

Cuando acompañaba a su madre a la dino-tienda,
todos se acercaban y preguntaban:
—¿Qué tal está Greta hoy?

Greta ponía cara de gruñosauria,
y su madre decía:
—Es que está cansada.

En la dino-tienda, Greta sacó
el zumo de raíces del carro.
—¡No quiero esto!
Y, ¡PLAF!, aterrizó
en el suelo.

Le pareció mal todo lo que su madre
quiso comprar.

Greta gruñó durante todo el día.

—No quiero jugar en la calle —gritó.

—No quiero cereales con hierbajos
para cenar —protestó Greta.

—Quiero ver «Pesadilla en Dinolandia»
en la tele —gruñó Greta.

—Pues no puedes. Es un programa
para mayores —contestó su padre.

Greta también gruñó a la hora del baño.
—No quiero esto dentro de la bañera —dijo,
y tiró fuera el patito de goma.

Y al final del día, cuando Greta ya estaba metida en la cama con su pijama favorito puesto, su madre intentó leerle un cuento titulado «Tiranosaurio en apuros».

—No quiero ese libro —chilló.

—¡Ay, Greta! —suspiró su madre—.
¿Por qué eres siempre tan
gruñosauria? ¿No podrías ser, aunque
fuera solo un día, Greta Sonrisauria?

Y por primera vez en
mucho, mucho tiempo,
Greta Gruñosauria...

... ¡SONRIÓ!

29

NOTAS PARA PADRES Y PROFESORES

Leemos el libro con los niños de forma individual o en grupo.
Les preguntamos en qué ocasiones están ellos gruñones y cómo
se sienten cuando se comportan así.

Les pedimos que pongan cara de gruñones. Sugerimos
que se miren al espejo e intenten dibujarse.

Ayudamos a los niños y a las niñas a escribir poemas cortos
que empiecen con: «Cuando estoy gruñón/a...».

> Cuando estoy gruñona me meto en mi habitación,
> me escondo de los demás,
> me gusta estar en silencio.

> Cuando estoy gruñón me irrito por todo,
> no quiero jugar,
> no quiero hacer nada.

Todo esto puede dar pie a una discusión sobre cómo afecta
a los demás que alguien esté muy irritable. ¿Qué hacen en este
caso sus padres? ¿Cómo reaccionan sus hermanos y hermanas?

¿Cómo se comporta el resto de la gente cuando ellos están
muy gruñones? ¿Alguna vez han estado gruñones sus padres,
abuelos o profesores?

Hacemos una lista de palabras que se pueden utilizar en lugar de «gruñón»: malhumorado, enfurruñado, irritable, descontento. Pensamos en los nombres que a veces damos a un niño gruñón. (¡Empecé a llamar «gruñona» a mi hija mayor y, luego, «gruñosauria»! A otro niño al que conocía le llamaban «señor gruñemás»).

Hablamos de trucos para que los niños puedan superar su irritabilidad. Por ejemplo, pueden hacer una lista de las tres mejores cosas del día. Si la hacen a la hora de acostarse, el día terminará con una nota positiva. Si ha resultado ser un mal día, pueden pensar de qué manera se podría haber mejorado.

Algunos padres dicen que sus hijos dejan de estar irritables si salen al parque o realizan alguna actividad al aire libre, especialmente si los niños han estado en el colegio todo el día. Otra posibilidad es poner algo de música, bailar de forma alocada y conseguir que el niño se ría.

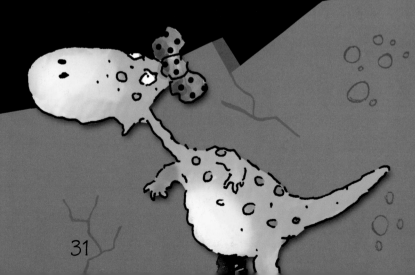

Los dinosaurios también tienen sentimientos

OTROS TÍTULOS DE LA COLECCIÓN

Pedro Preocupadáctilo es pequeño pero tiene grandes preocupaciones. Todo le inquieta: desde que no amanezca cada mañana hasta no poder hacer las cosas tan bien como sus amigos. ¿Conseguirá alguna vez dejar de preocuparse tanto?

Emma Enfadosauria se enfada por todo: si no puede ver lo que quiere en la tele, si no gana a los juegos, si sus hermanos reciben algún regalo... A veces, incluso, ruge, patalea o golpea alguna puerta. ¿Cómo conseguirá Emma calmarse?

César Celosaurio siente celos por todo y de todos: de su hermano, que siempre gana los juegos; de sus amigos, porque tienen bronto-bicis... ¿Cuándo dejará César de sentir celos de los demás?

+SP   Torn page   PAE/270
E MOSES   1-12-19

DISCARD

Moses, Brian,1950-
Greta Gruñosauria /
Floating Collection WLPICBK
12/14